저녁의 아이들

박진성

미디어샘

박진성

세종에서 태어나 대전에서 자랐다. 고려대학교 서양사학과를 졸업했고, 2001년 《현대시》를 통해 문단에 나왔다. 시집 《목숨》 《식물의 밤》과 산문집 《청춘착란》 《이후의 삶》, 시작법서 《김소월을 몰라도 현대시작법》을 냈다.
2014년 〈동료들이 뽑은 올해의 젊은 시인상〉, 2015년 〈시작작품상〉을 수상했다. 〈한국문화예술위원회 창작 지원금〉을 4회 수혜했다.
전업 시인으로 활동 중이다.

인스타그램_@poetone78 페이스북_writerpjs

저녁의 아이들

1판 1쇄 펴냄 2018년 11월 15일
1판 2쇄 펴냄 2020년 11월 1일

지은이 박진성
펴낸이 신주현 이정희
마케팅 양경희
디자인 조성미
용지 월드페이퍼
제작 (주)아트인
펴낸곳 미디어샘
출판등록 2009년 11월 11일 제311-2009-33호
주소 (03345) 서울시 은평구 통일로 856 메트로타워 1117호
대표전화 02-355-3922 | 팩스 02-6499-3922
전자우편 mdsam@mdsam.net

ISBN 978-89-6857-107-7 04810
978-89-6857-108-4 (SET)

www.mdsam.net

시인의 말

다시 시집을 낼 수 있어 다행입니다.

고맙습니다.

2018년 시월, 박진성

제라늄

저 식물은 나의 죄를 듣고 있다

인간의 죄를 몰래 알고 있는
저 식물은 나의 죄를 들어주고 있다

저 식물에게 물을 주고 있다
나의 벼랑을 주고 있다
나의 침묵을 주고 있다

어제는 빛이 많고
오늘은 사방의 공기가 벽
내일은 죄의 수목원

한가운데서
저 식물이 나의 죄를 들어주고 있다

쉽게 죄를 짓고 더 쉽게 용서를 구하는 이 세계에
서

있다, 나의 저녁에는 제라늄이 있다

제라늄, 붉은 잎은

나의 죄를 입고 붉게 시들고 있다

아무 죄도 짓지 않은 식물에게

모든 죄를 지은 한 인간이

계속 물을 주고 있다

들리지 않는 식물의 말을 듣고 있다

저 붉은 자결은 누구의 것입니까

나는 빨간 식물의 빨간 말들을 간신히 듣고 있다

아버지는 목관악기

피리를 불었습니다,
아버지는 목관악기

소리는 소리의 방에 푸른 공원을 짓고
오늘 저녁 초록은 아버지 계신 데로 흐릅니다

푸른 피리가 빛나는 오후
소리는 빛나지도 않고 그늘에 흐릅니다
소리의 족보를 짓습니다

아버지는 목관악기
텅 빈 공중으로 꽃들이 피고
텅 빈 지상으로 꽃들이 지고
피리로 봄을 불었습니다

아버지 마음속에서 세월과
또 한 세월이 시소를 타고
푸른 공원의 푸른 벤치에 앉아
종일 피리를 불었습니다

아무리 불어도 아무리 불러도
아버지 먼 데 계시고
나는 생각들을 소리 속에 가만히 재우고

소리는 소리의 방에 푸른 가족사를 새기고

-아버지 그런데 이 소리들은 어디로 가는 건가요
-나무로 만든 소리는 나무로 돌아간단다

아버지의 봄 속으로 뚜벅뚜벅 걸어가는 저 나무들과
아버지의 봄 속으로 스멀스멀 기어가는 소리들과
피리와 꽃들이 부딪히며 불던, 불던, 바람들과

나란히 앉아
종일 피리를 불었습니다
아버지를 불었습니다

저녁의 아이들

한 아이가 한 아이를 때려서 울고 있는
저것은 아무래도 상한 풍경

맞은 이유를 듣고 있다
때린 아이가 무안해서 울어버릴 때까지
맞은 아이야
세상에 맞을 이유 같은 건 없단다

아이의 아이스크림이 녹는 여름의 저녁

세상의 모든 이유들이 한곳에 모인다면
그것은 아무래도 이상한 풍경

어떤 장난은 재난이 되고
때린 아이에게 필요한 건 아무래도 귀
아무래도 침묵
입술을 빼앗기고 싶다

때린 사람이 때린 이유를 설명하는 일은
아무래도 재앙

발아래로 언어들이 고인다
나는 언어를 밟고 개미는 밟지 않고

저녁으로 어두워져서 사람의 죄에 고인다
인간의 죄가 궁금해서 몰려 온 비둘기들을
간신히 돌려보내고,
듣는다, 푸른 침묵들, 듣는 일이 기도가 될 때까지
기도가 피부가 될 때까지

떨리는 피부의 떨리는 힘을 믿는 저녁
맞은 아이가 다시 앙앙 뛰어놀 때까지
기다리는 저녁

겨울의 빛

이 빛들은 누가 쏟았을까. 겨울의 빛. 휘황과 찬란을 벗겨내고서 이 빛들은 누가 버렸을까. 우리는 걸어가네. 겨울의 빛을 걷는 일은 물집 속을 걷는 일. 헛것의 아늑함과 투명한 것의 고름을 보게나.

곧 터질 것 같은 물집의 아름다움.

물집 속을 걷는 일은 그대의 꿈속을 다녀와보는 일. 그대는 춥다. 그대는 혼자다. 그대는 폐허다. 우리는 빈집에 기대어 있었네. 햇빛의 재가 머무르는 곳에 있었네. 막, 개종한 사람처럼 그대는 이 도시에 도착하네. 낙담하지 말게나, 나도 검은 심연 하나쯤 키우고 있으니, 부질없이 무너지는 빛에 대해 끝까지 말하고 있으니, 그대의 푸른 손은 망가진 내 몸을 다 만져야 하리.

겨울의 빛.

나의 슬픔들은 이 계절에 늙을 것이다.

늙은, 폐허의, 빛의 복도를 걸을 것이다. 말이 아프면 말을 데리고 손금으로 떨어지는 빛을 따라. 그런데 이 빛들은 누가 쏟았을까.

나는 겨울의 빛을 입고 나는 겨울의 빛을 입은 그대에게 간다.

내가 만지면 그대는 추위에 물들고 말아, 저 겨울빛의 무력함을 보게나. 폐허가 되었다는 건 심연을 가지게 되었다는 거야.

겨울의 빛.

이 누추한 희망의 종착지는 언제나 그대의 이마.

빛은 계속 쏟아지고 그대의 그늘은 떨리리라. 졸음처럼 쏟아지는 이 빛들 속에서, 녹았다가 다시 어는 저 물의 반복 속에서, 걸어가리라 걸어가리라, 겨울의 빛. 저 무표정한 다정함을 보게나.

지하실과 나와 개

바람이 다시 바람 속에서 불던 날
나는 늙은 개를 안고
지하실로 간다

세계의 모든 소리는 바닥 아래로 고이고
나는 불을 끄고
나는 늙은 개를 안고
나는 조금 울면서 그런데

너의 눈엔 소리가 있구나
너의 눈에 빛이 남았구나
나의 눈물을 너는 듣고 있구나

저녁이 고요를 질질 끌고 어두워지고
마침내 네 개의 눈

너는 나의 두 눈을 보면서
꿈뻑거리면서

이 세계에는 네 개의 눈동자만 남은 것처럼
너의 동공은 세계의 모든 이야기를 들어줄 것처럼
마침내 네 개의 눈만 남은 것처럼

대구

종일 기차를 탔다. 김천에는
가느다란 비. 그리고 동대구의 안개까지.
할 일이 있었지만 그것밖에 할 일이
없었다. 액정에서 그가 입을 움직였고
이어폰은 물끄러미 그의 성문聲紋.

만나달라면 못 만날 일 아니었지만 다시
기차를 탔다, 배가 고팠다, 배고픈
대구大邱, 대구에 내 마음
장기臟器들을 벗어놓은 적이 있었다.

공중에서 공중으로 종일 비가 내렸다.
빗방울 속 소리의 무늬처럼
누가 우리를 다녀갔는지
우리는 모른다.

능소화

능소화는 여름이 쓰는 문장이라고 말한 사람
꽃은 차갑지도 뜨겁지도 않다

멀리서 피었다가
너의 눈앞으로
공중을 던지는 여름의 꽃

나무 안에서 흐르다가
나무 바깥으로 떨고 있는
너의 다친 시간들을 알고 있다

꽃잎을 강물에 던져두고
저녁 내내 기도를 했다고 말한 사람

능소화는 여름의 거짓말
우리는 거짓말에서 한 시절을 놀았네

그런데 저 뜨거운 처연을 어떻게 할까

꽃잎과 꽃잎 사이 빈 곳으로
그곳으로 너의 괴로움이 흘러다니리라

꽃잎 위에서 한 계절을 살고
너는 다친 눈빛으로 우리에게 돌아온다

먼저 핀 능소화가 늦게 핀 능소화에게
작은 소리로 기대고 있다

가정식 백반

가정식 백반을 먹었네
다정이랑 먹었네

나는 가정이 없고
다정이도 가정이 없어
우리는 마주 앉아
가정식 백반을 먹었네

모르는 것은 모르기로 한 것

골목 깊은 곳의 골목 끝 가정식 백반
11월에 피는 꽃들은 11월의 공기를 먹고
정말로 모르는 것은 정말로 모르기로 한 것

다정이는 집이 있고
몸이 있고
다정이 있지만
가정이 없는 간호사 아가씨,

바람에 시달리는 꽃들은 바람에 계속 시달리고
구름처럼 공기밥은 유리문에 흐르고

배고픈 다정아
배고파서 나부대는 저, 저, 창문 바깥
11월의 나무들을 좀 보아

허기는 누가 만들었나

지하실은 지하에 있고
푸른 책은 푸른색
먼 곳의 미술관은 먼 곳에 있어
우리는 가정식 백반을 먹었네

우리는 누가 만들었나
다정아, 이 나물 좀 먹어봐
다정아, 이 생선을 좀 먹어봐

대합실엔 사람들이 모여 있고
공중엔 바람이 모여 있고
으 으,
우리는 허기에 모여 있네

먹어도 먹어도
배부르지 않은 11월의 골목길 끝
어쩌면 세계의 끝
우리는 가정식 백반을 먹었네

검은 옷의 검은 일요일
검은 다정이 간호사 다정이
다정이랑 가정식 백반을 먹었네

가정도 없이
부끄럼도 없이
일요일 저녁,
우리는 서로의 허기를 먹었네

수국 편지

수국 아래 그늘이 떨리고
다시 긴 길을 걸어야 한다

여름의 한낮보다 비현실적인 이곳에서
피아노 소리는 떨어지고

싸움에서 진 고양이의 무너진 눈빛에 대하여
침묵으로 닫히는 길과 저 어두운 동물에 대하여
소리가 소리에게로 무너지고
먼 데 아이들은 말없이
발목을 다치며 이곳으로 온다

침묵을 물고 동물의 입속에서 자라는,
자라나는 저 소리들을 걸으며

수국 아래 그늘이
다친 눈빛들의 집이 될 때까지

음지식물은 음지를 키우고

찔레꽃

나무가 꽃을 피우는 것이 아니라
꽃이,
나무와
나무의 계절을 매달고 있다는 생각

눈앞의 한 꽃 송이,
누가 여기에 흰빛을 풀어놨나

꽃은 누울 방이 없어서
온 공중을 자신의 집으로 갖는다

아프니, 꽃아

가만히
가까스로
나무를 매달고 있는 작은 꽃들아

너 지고 나면
오월의 밤들도 통증이 없어지리라

나는 커튼을 열고
나는 창문을 열고
너 사라진 자리로 내 눈빛 눕게 하리라

아무도 모르는 곳에서
아무도 모르게 피었다가
지는 찔레꽃,
한 꽃 송이
그 자리가 가장 빛나리라

너의 통증이 그러하듯이
너의 괴로움이 그러하듯이

구의

당신은 나를 씻기고 당신은 체리를 담고
우리는 좁다란 공기에 고여
서로의 알약을 헤아려본 적 있지요

불을 끄고 몸을 씻는 일,
세계의 끝이라고 서로의 몸을 만져보는 일,
이목구비 없이 두려움 없이
우리는 구의에서 다정하게 죽겠습니다

마르는 손가락과 붉은 다정은 당신의 것,
왜 당신이 좋아하는 과일들은 모두 아픈가요

유리의 오후에서 익어가는 유순한 식물들,
품고,

식물의 고요와
죽은 식물의 오후와
죽어서 뒹구는 식물의 전생과
품고,

우리의 불모는 성기로 향하고
우리의 방은 모음들만 사랑하고
언어가 사라지는 밤으로,
여름으로 무너지는 구의의 얼음이 있다면
우리는 구의에서 녹겠습니다

그렇다면 당신은 알약들이 쏟아지는 깨진 유리를
들고
나를 삼킬 수 있겠습니까
나는 사라질 수 있겠습니까
우리는 서로를 만지는 발작이 될 수 있겠습니까

나는 당신을 씻기고 나는 체리를 담고
손톱 아래의 붉은 허기와
유리 그릇 안의 작은 구원과
품고,
우리는 구의에서 죽겠습니다

물고기 토르소

그러니까 물고기는 토르소의 물 아래 형식이다 죄악감의 수각水刻이다 한 사람을 더 지니고 살던 한 사내가 푸른 물의 조상에는 있어 손과 발을 자르고 물 아래 얼굴을 맡긴 이야기가 있다

사내의 고해성사를 듣던 수사修士가 물고기들을 도와 사내의 얼굴을 발라 먹었다 물 아래의 일이다 그러니까 물고기는 물과 육식肉食을 섞어 물고기, 푸른 지느러미를 만들었다

푸른 물고기 한 마리가 다국적 카페에서 푸르게 타오르고 있다

제 몸을 물어뜯지 못하는 신체가 간절했기에 물고기는 유선형流線型으로 흐르는 선을 완성했다 감람빛 나무 타는 냄새로 지금, 어느 절의 스님은 목어木魚를 공중에 매달고 있다

서로 사랑하던 젊은 사내와 젊은 여자가 지금 토르소 물고기의 몸 안에 습한 영혼을 말리고 있다

물은 쇄골마다 맑은 음역을 매달고 있어서 죄 없는 물소리, 흰 뼈와 푸른 뼈가 닿으며 불타고 있다 내륙과 해안이 한곳에 모여 서로의 영혼을 만지고 있다

사내의 죄악감은 푸른 모서리를 가졌다
푸른 윤슬마다 물고기의 냉기가 흐른다

다국적 카페 푸른 의자에 앉아 얼굴을 지우는 사내가 있다
물소리에 씻겨 나간 손과 다리가 거리를 떠돌고 있으므로 지금은 새벽비,
인간이 물고기 안에 숨은 토르소의 역사가 내리고 있다